달빛이 사랑스러워
쉬이 잠들지 못하였답니다

달빛이 사랑스러워 쉬이 잠들지 못하였답니다

초판 1쇄 인쇄일 2025년 01월 20일
초판 1쇄 발행일 2025년 02월 05일

지은이 한재우
펴낸이 양옥매
기 획 한윤경
편 집 배광근
그 림 신진호
디자인 표지혜
마케팅 송용호
교 정 조준경

펴낸곳 도서출판 책과나무
출판등록 제2012-000376
주소 서울특별시 마포구 방울내로 79 이노빌딩 302호
대표전화 02.372.1537 **팩스** 02.372.1538
이메일 booknamu2007@naver.com
홈페이지 www.booknamu.com
ISBN 979-11-6752-583-3 (03800)

달빛이 사랑스러워
쉬이 잠들지 못하였답니다

한
재
우

시
집

책나무

프롤로그

저는 서울에서 태어나 태권브이를 사랑한 어린이였습니다. 다섯 남매 중 막내로 형이 둘, 누나가 둘이 있습니다. 어릴 적 아버지는 저희를 앉혀 두고 말씀하셨습니다.

"다가올 미래에는 세계 인류가 태평양을, 태평양에서도 한반도를 주목할 것이다. 그때 우리의 전통문화, 전통종교, 전통교육 그리고, 우리의 얼을 살리고 전하는 사람이 필요하다. 우리 사회를 상생 사회로 바꾸고, 물질 만능 사회를 도덕 만능 사회로 바꾸는 일. 누군가 해야 할일이라면 우리가 해야 한다. 그래서 너희를 학교가 아닌, 서당으로 보내고자 한다. 너희 생각은 어떠하냐?"

40여 년 전 아버지의 물음에 대한 늦은 답을 이렇게 전합니다.

훈장님도 어린 학동이었던 적이 있습니다. 이 책은 훈 장님의 어린 시절 일기를 엮은 한시집입니다. 치열한 대 치동 대신 일찌감치 속세를 벗어던지고 산속 서당에 들 어간 아이는 깊은 침잠과 수양 속에 오히려 어른보다도 낫고, AI보다도 명확하게 현시대를 읽어 냅니다.

인간관계, 자연의 이치, 공부에 대한 진실한 속내, 사 랑과 이별 등 누구나 궁금해할 이야기를 어린 훈장은 시 네 줄로 풀어냈습니다. '서당', 'AI 시대', '위로', '아이' 등 의 단어들은 서로 낯설기만 한데, 묘하게 다채로운 하모 니에 궁금증을 자아냅니다.

세상의 다양한 직업군이 존재하고 그에 대한 브이로 그를 찾아볼 만큼 개개인의 다양성을 요하는 오늘날, 서 당의 아이가 현대인에게 전하는 위로의 시집은 어떤 서 적과도 차별화된 주제이자 방식일 것입니다.

4부
글자마다 아름다운 시가 되고

1부

항아리 속 세상
무릉도원

별천지

항아리 속 세상 무릉도원에
향기로운 차 내리는 선인이 있었지요
아름다운 밤이라 읊조리기 좋고
달빛이 사랑스러워 쉬이 잠들지 못하였답니다

武陵壺中天　　무릉호중천
仙人香茶煎　　선인향다전
良宵讀又詠　　양소독우영
好月愛未眠　　호월애미면

찰나

오늘 밤하늘에 구름 한 점 없으니
달빛 사랑스러워 시 한 수 지어 읊고
벗과 함께 옛글을 읊조리니
순간, 아쉬워 촌음[1]을 아낀다오

今夜天無雲   금야천무운
愛月作詩文   애월작시문
與友古書讀   여우고서독
時惜寸陰分   시석촌음분

---

1 촌음(寸陰): 매우 짧은 동안의 시간.

한여름
더딘 해

향긋한 꽃나무 맑은 연못에 그늘을 드리웠네
산속 깊이 들어선 집은 해님도 더디기만 한데
삼태산과 오봉산이 앞서거니 뒤서거니
기이한 병풍으로 둘러싸네

芳樹廕淸池　　방수음청지
山堂日上遲　　산당일상지
三台兼五鳳　　삼태겸오봉
前後作屛奇　　전후작병기

홍안

하늘에 흩어진 작은 별들은
삼경이 다 되도록 나와 함께하네
등불이 온 방 안을 밝히니
서생들 얼굴이 붉어지는 것만 같다네

星宿列天中   성수열천중

三更我與同   삼경아여동

燈光明一室   등광명일실

書子似顏紅   서자사홍안

입 안에서
나는 소금

글방에 학도들 모여
공부에 매진코자 하되,
밤낮으로 글을 외고 읽으니
입안이 소금처럼 짜고도 쓴맛이로구나

書舍學徒咸 　서사학도함

做工欲竭誠 　주공욕갈함

晝夜吟而讀 　주야음이독

如鹽味苦鹹 　여염미고함

초동서사[2]

엄한 스승은 무릇 학생을 가르칠 때
덕행과 기량을 성취하도록 하니
동쪽 방은 소오[3]라 부르고
서쪽 방은 면언[4]이라 이름한다네

嚴師訓諸生	엄사훈제생
使之德器成	사지덕기성
東軒嘯傲號	동헌소오호
西室俛焉名	서실면언명

———————

2 초동서사(草洞書舍): 서당 이름이 '초동서사'였음.

3 소오(嘯傲): 거만함을 꾸짖다.

4 면언(俛焉): 부지런히 힘쓰다.

나른한
누렁이

깊은 산속 벽옥 같은 시냇물
졸졸 깨끗하여 진흙 한 점 없어라
누렁이는 마당가에 누워 조는데
횃대 위에 수탉이 우렁차게 노래하네

深山璧玉溪   심산벽옥계
汨汨淨無泥   골골정무니
場邊睡黃狗   장변수황구
塒上鳴雄鷄   시상명웅계

쑥대창을
두드리고

세찬 바람 쑥대창을 두드리고
발자국 소리조차 들리지 않는 쓸쓸한 날
외양간의 송아지는 꼴을 되새김하고
부뚜막 위 삽살개는 누워 잠이 들었다지요

風急打蓬窓   풍급타봉창
蕭蕭絶聞跫   소소절문공
廄中齕芻犢   구중흘추독
爨上臥眠狵   찬상와면방

사친곡 I
: 북극성 너머엔

눈바람이 빈 뜰을 어지럽혀서

고개를 들어 북극성을 바라보았지요

부모님 생각 더욱 간절한데

다만 돌아가 살피지 못함이 한스럽습니다

風雪亂空庭　　풍설난공정

回頭仰北星　　회두앙북성

思親此時切　　사친차시절

但恨未歸寧　　단한미귀녕

청아한
이야기

천 리 먼 곳에서 이 문하를 찾으니
강산이 좌우에 둘러앉았네
청아한 이야기 높은 책상에 펼쳐져
어찌 시비하는 의론이 있겠는가

千里訪斯門　천리방사문

江山左右存　강산좌우존

淸談轉高榻　청담전고탑

豈有是非論　기유시비론

둥글기도
조각지기도 한

산 위에 떠오른 달이 창을 비추니
글을 읽는 데 등불이 필요치 않구나
둥글기도 하고 조각지기도 한 것이
과연 고금의 벗이 될 만하다

山月照窓燈　　산월조창등

讀書不必燈　　독서불필등

或團又或片　　혹단우혹편

可作古今朋　　가작고금붕

실은

매실은 가지마다 달려 있는데
모두가 각기 기이하구나
처음은 시고 나중은 단맛이 나니
열매가 실정을 속이는 것 같네

梅子掛枝枝　　매자괘지지
萬千箇箇奇　　만천개개기
先酸後甘味　　선산후감미
疑是實情欺　　의시실정기

이백의 혼

서당 문에 안개비 스며들면
책상 위에 황혼이 깃드네
시편은 운율과 격식이 어려워서
이백의 혼이라도 부르고만 싶어라

雨煙襲塾門　　우연습숙문
書榻自黃昏　　서탑자황혼
詩律難調格　　시율난조격
欲招李白魂　　욕초이백혼

분단

`

높은 산맥 큰 강물이 어우러진
아름답고 수려한 우리나라일진대
어찌하여 남과 북으로 나뉘어
이다지도 사람들 애를 끊게 하는가

高山及大江　　고산급대강
秀麗我南邦　　수려아남방
何以分南北　　하이분남북
使人空斷腔　　사인공단강

등잔불
아래

흰 구름은 높은 봉우리 갓이 되고
밝은 달은 네모난 연못에 둥글게 앉았네
등잔불 아래, 시서 공부에 매진하니
수고로움 속 기쁨을 얻는구나

白雲峻嶺冠　　백운준령관

皓月方池團　　호월방지단

燈下詩書子　　등하시서자

勞中可得歡　　노중가득환

진일보

태산도 한 줌 흙이 쌓여 솟아 있고
대해도 한 방울 물이 모여 흐른다네

泰山拳土積   태산권토적
大海滴涓多   대해적연다

작시

바람 쐬러 뒷동산에 오르니
오늘 밤 유독 청량한 기운이 더하는구나
시 한 수에 온갖 풍경 담으려 하지만
짧은 재능이 그저 한스러울 뿐이네

遡風後園昇　　소풍후원승
今宵冷氣增　　금소냉기증
一詩收萬景　　일시수만경
其奈短才能　　기내단재능

지음

산 아래 몇 칸 작은 초가에
관중과 포숙아 같은 벗들이 살고 있다네
나이가 같고 마음도 맞으니
흡사 아교와 옻칠을 섞은 듯하네

山下數間茅   산야수간모
友皆管鮑交   우개관포교
年同心又合   연동심우합
洽似漆投膠   흡사칠투교

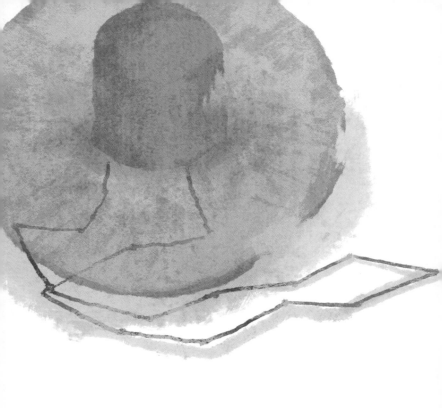

조소

강산은 이 고을을 품어 안고
풍월은 그대와 함께하는데
명예를 버리고 청렴과 의리를 취하였더니
세상 사람들은 외려 어리석다 비웃는구나

江山抱此區　　강산포차구
風月與君俱　　풍월여군구
棄名取廉義　　기명취렴의
俗輩反嘲愚　　속배반조우

못다 한
이야기

달그림자가 서루[5]에 스며드니
맑은 빛이 나와 함께 노니는구나
시정을 넉넉히 드러냈으나
다만 어찌 주워 담을까 걱정이로세

月影襲書樓   월령습서루
淸光與我遊   청광여아유
詩情多發越   시정다발월
但恨不能收   단한불능수

---

5 서루(書樓): 책을 넣어 두거나 서재로 쓰는 다락.

소나기

시상을 그리며 조용히 거닐던 밤
밝은 달은 객의 감회를 불러 대는데
돌연 가느다란 비 내리는 듯하니
더는 거닐기 어렵게 되었습니다

思詩步靜宵   사시보정소

皓月客懷招   호월객회초

忽飜來細雨   홀번래세우

難得更逍遙   난득갱소요

접슬[6]

서사는 말없이 조용한데
꽃은 미소 짓고 새들은 노래하네
학동들은 옷자락을 맞닿아 앉아
시서[7]로 세월을 보낸다네

草舍不喧寥　　초사불훤요

花笑又鳥謠　　화소우조요

諸生連衿坐　　제생연금좌

詩書日月消　　시서일월소

6　접슬(接膝): 무릎을 맞대고 가까이 앉음.

7　시서(詩書): 《시경(詩經)》과 《서경(書經)》을 아울러 이르는 말.

빈집

사람들 앞다투어 시골을 버리니
밭은 묵고 또 집은 비어 가네
어느 때라야 본향[8]을 돌이켜
두터운 정을 다시 볼 수 있을까

人爭棄故閭　　인쟁기고려
田曠又家虛　　전광우가허
何時能反本　　하시능반본
復見厚情餘　　부견후정여

8　본향(本鄕): 조상들이 대대로 거주하던 곳. 자신의 뿌리.

그날 오후

천 가닥 늘어진 버들가지
꾀꼬리 사이좋게 뒤섞여 놀고
저무는 하늘가에 비 내리려 하니
거미는 그물을 거둬 몸을 숨기네

千絲綠柳梢　　천사녹류초
黃鳥好相交　　황조호상교
暮天將欲雨　　모천장욕우
收網隱身蛸　　수망은신소

마음가짐

부평초와 물이 만나 서로 좋아하듯

마음을 가다듬고 학문에 힘쓰려 하네

장부가 높은 뜻을 세웠으니

반드시 초지일관하리

萍水好相逢　　평수호상봉

潛心做學工　　잠심주학공

丈夫立高志　　장부입고지

必須貫初終　　필수관초종

2부

뜨락의 꽃들은
날마다 새로이 수를 놓네

달 그리고 나

깊은 밤,
달빛이 대나무 가지를 타고
살며시 창가로 스며듭니다

이 고요한 풍경을 누가 알까요
잠 못 이룬 나 홀로
그저 마주하였지요

月光好竹枝   월광호죽지
深夜上窓移   심야상창이
此景人誰覺   차경인수각
不眠我自知   불면아자지

수양

하늘이 성인과 나를 냄에 있어
본연한 천성은 차이가 없었네
훗날 서로 한없이 멀어지게 된 것은
마음을 다스리느냐 다스리지 못하느냐
차이일 뿐일세

天生聖與吾　천생성여오
本性等差無　본성등차무
後日相懸絶　후일상현절
道心扶不扶　도심부불부

사친곡 II
: 고향 시름

삼태산 깊숙한 정원에다

솔을 기르고 대를 심었지요

글 읽기를 마친 뒤 멀리 북녘 바라보니

고향 시름에 구름마저 저물어 버렸답니다

三台深山園　　삼태심산원

養松培竹根　　양송배죽근

讀罷遠望北　　독파원망북

故鄕愁雲昏　　고향수운혼

봄 낯

머리를 들면 앞 봉우리의 풍광이라
시인 묵객들의 지팡이가 요란하네
동방의 신명이 특별히 은덕을 베풀었는지
온갖 사물이 모두 봄의 얼굴을 지었구나

舉首望前峯　거수망전봉
携笻騷客從　휴공소객종
青皇施德澤　청황시덕택
萬物作春容　만물작춘용

형이
떠나는 날

형이 떠난다고 하니
서당은 쓸쓸하기만 하고
파초는 남풍에 무심히도 흔들린다
아침이 되어 이제 이별해야 하는데
어느 날에야 다시 오려나

兄去此堂寥　형거차당요
南風動綠蕉　남풍동록초
今朝當離別　금조당이별
何日復來潮　하일부래조

시간

어제 돋은 싹을 보았건만
오늘 날린 낙엽 보는구나
시간 대하기를 보석처럼 하여라
세월은 가면 돌아오지 않는다네

昨見發芽微　　작견발아미
今看落葉飛　　금간낙엽비
惜時似金惜　　석시사금석
光陰去不歸　　광음거불귀

머리 긴
스님

저녁 그늘 드리울 제 높은 누각에 오르니
서늘하여 모기도 달아나고 없어라
성품을 수양하고 책을 보며 지내니
마치 속세 벗은 승려와도 같구나

夕陽高閣登　석양고각등
凉可亦蚊憎　량가역문증
養性又看字　양성우간자
閒居却似僧　한거각사승

남새밭[9]

이슬비 간간이 내려

미처 다 매지 못한 남새밭

뒤뜰에 다복한 죽순은

그 맛이 미나리보다 낫다네

間間細雨紛   간간세우분

菜圃不勝耘   채포불승운

後園多竹筍   후원다죽순

其味勝於芹   기미승어근

9 남새밭 : 채소를 심어 가꾸는 밭.

터

춘삼월 좋은 봄날
뜨락의 꽃들은 날마다 새로이 수를 놓네
스승은 어찌하여 이곳에 자리했는가
신령한 이 땅에 재인이 나온다네

三月好時春   삼월호시춘

庭花逐日新   정화축일신

師何宅斯處   사하택사처

靈地出材人   령지출재인

가뭄

땅을 골라 맑은 샘 파기를
여러 날을 힘써 공들였다네
어느 때나 물이 솟아나려나
집집마다 양동이가 이어졌네

占地掘淸泉   점지굴청천
經營數日前   경영수일전
何時能湧水   하시능용수
戶戶鐵筒連   호호철통연

달그림자

내 몸을 따르는 그림자 벗 삼아
바람 부는 난간에 기대어 달을 보았지요
맑은 경치에 이 마음 가눌 수 없어
침소에 드는 것이 절로 더뎌졌답니다

影與我身隨   영여아신수
風欄對月時   풍난대월시
不勝淸景好   불승청경호
歸寢自遲遲   귀침자지지

고뇌

예와 의가 살아 있는 동방의 우리나라
산줄기 높고 강줄기 우람하여라
아름다운 우리 풍속은 언제나 좋아지려나
어진 선비 홀로이 속을 태우네

禮義此東邦　예의차동방
高山又大江　고산우대강
古風復何日　고풍복하일
仁士獨焦腔　인사독초강

정좌

한겨울 차디찬 서당 방에
시를 읊고 책을 읽는데
엄한 스승은 평소 계실 때에도
곧게 앉아 의관을 단정히 하시었네

三冬精舍寒　　삼동정사한
詩詠又書看　　시영우서간
嚴師處平素　　엄사처평소
正坐衣冠端　　정좌의관단

지리산

온갖 초목이 모두 시든 언덕에
푸른 소나무 홀로 솟았구나
우뚝 솟은 지리산
눈서리 무릅쓴 기개가 호방하도다

萬樹皆凋皐　　만수개조고
靑松獨特高　　청송독특고
突兀智異岳　　돌올지리악
凌雪志氣豪　　능설지기호

안빈낙도

이른 아침 의관을 정제하고
부지런히 옛 성현을 배우고 나면
누추한 골목도 부끄럽다 여기지 않고
대그릇 밥과 표주박 물도 또한 편안하다네

早朝正衣冠　조조정의관
勤勤學孔顔　근근학공안
可師處陋巷　가사처루항
簞瓢亦爲安　단표역위안

삼매경

연못가 여남은 아이들
앞다투어 썰매를 끈다

넘어지고 미끄러져
다시 일어나 깔깔거리며

서산으로 저무는 해조차 잊어버린 채
썰매 타기 삼매경이다

潭上十餘兒	담상십여아
爭先氷馬携	쟁선빙마휴
或顚又或沛	혹전우혹패
不覺日斜西	불각일사서

이별 앞

눈서리 매섭고 바람 또한 차디찬데
그대와 작별하기 이리 어려워서야
새벽닭이 울면 곧 이별해야 하는 것을
무엇으로 이 마음 달랠까

雪虐又風寒　　설학우풍한
君吾拜別難　　군오배별난
鳴鷄卽分手　　명계즉분수
安得此心寬　　안득차심관

봄비 내린 농촌

봄비 내린 뒤 분주해진 농촌에
질어진 보리 빛은 들과 논을 물들이네
책 읽기를 마치고 골목길 거니는데
해 질 녘 이웃집 방아 찧는 소리 정겨워라

雨後忙春農　　우후망춘농
麥光野畓濃　　맥광야답농
讀罷村街步　　독파촌가보
隣家聽夕舂　　인가청석용

아정한
창가에서

남쪽 창가엔

소나무와 대나무가 한창입니다

화려하진 않으나

담담히 우아한 모습이

참으로 아름답지요

눈앞에 펼쳐진 광경

이리도 고우니

좋은 시구가 탐날 수밖에요

松竹滿窓南　　송죽만창남

不華自雅淡　　불화자아담

眼前景光好　　안전경광호

佳句豈無貪　　가구기무탐

방아 찧는
아이

산봉우리 천 겹 만 겹이라
구름 걷히니 그 모습 웅장하고
곤하여 조는 아이
책상에 얼굴 방아 찧는다네

千疊萬重峯　　천첩만중봉
雲開突兀容　　운개돌올용
困疲睡眠子　　곤피수면자
書榻面頭舂　　서탑면두용

달 걸음

아름다운 달 오동나무 가지에 걸렸네
가련하여 손으로 잡고만 싶어라
쟁반 같기도 하고 거울 같기도 한데
바라보며 걷다 보니 옮겨 간 줄 몰랐네

佳月掛梧枝　　가월괘오지

可憐欲取持　　가련욕취지

如盤又如鏡　　여반우여경

玩步不知移　　완보부지이

미완성

산과 들에 더해지는 햇살은

높다란 집 대나무 발을 내리게 하고

시제를 완성치 못한 나는

해 질 녘 길게 탄식만 더하는구나

山野日熏漸   산야일훈점

高堂下竹簾   고당하죽렴

課詩不寫軸   과시불사축

落照永歎添   낙조영탄첨

풀 고을, 초동[10]

숲과 냇물로 둘러싸인 이곳
속세를 벗은 스승이 깊이 은거하시네
때때로 책을 짊어지고 찾아오는 이는
긴 머리에 푸른 적삼 입은 벗이라네

左右繞溪林　　좌우요계림

隱師處邃深　　은사처수심

長髮靑衫友　　장발성삼우

四時負笈尋　　사시부급심

---

10 초동(草洞): 서당 이름이 '초동서사'였음.

기러기
갈대 물고

기러기 갈대 물고 날아
아득한 하늘로 줄지어 작아지고
정원의 시든 파초는
기상마저 가을로 접어들었네

鴻鴈含蘆飛   홍안함로비

長天列行微   장천열행미

庭院芭蕉老   정원파초로

氣像與秋歸   기상여추귀

사친곡 III
: 그리운 밤

멀리 서울 고향 집 그리운데
국화는 피어 서리에도 오연하네
달빛은 남과 북을 함께하니
객지에 내 시름은 깊어만 가는구나

遙憶洛陽堂　　요억낙양당

菊花發傲霜　　국화발오상

月光共南北　　월광공남북

使我客愁長　　사아객수장

3부

글 소리 낭랑히
고요를 깨뜨린다

《주역》을
읽다 문득,

세상의 속된 정 내려놓고
고요히 이곳에 들었더니
높은 산과 울창한 숲이
사방에서 나를 감싸는구나

작은 창가에 앉아
한가로이 《주역》을 읽노라니
고요한 마음 가운데
몸도 저절로 평온하여라

世情絕棄入斯筵　　세정절기입사연

喬岳鬱林繞四邊　　교악울림요사변

閒坐小窓讀周易　　한좌소창독주역

此心安處此身平　　차심안처차신평

우리나라

산으로 옷깃 여미고 강으로 띠 두른
예의가 성한 우리나라
외색 풍조에 좋은 풍속 사라져
우리네 마음을 아프게 하는구나

襟山又帶江　　금산우대강

禮義盛吾邦　　예의성오방

洋風滅良俗　　양풍멸양속

使人可痛腔　　사인가통강

설화[11]

앙상한 나뭇가지에 눈꽃이 피어나고

달빛은 그 눈꽃에 맞닿았네

찬 바람 더욱 몰아치는데

가지 끝 새 둥지 아슬아슬하여라

雪花發骨梢　　설화발골초

與月互加交　　여월호가교

寒風尤拂猛　　한풍우불맹

危險末枝巢　　위험말지소

---

11 설화(雪花): 나뭇가지에 꽃처럼 붙은 눈발.

삼월
삼짇날

버들잎 낮게 드리우고

진흙 문 제비 집 짓기 바쁘다네

서산이 붉은 해 마저 삼켜 버리니

농부가 들길을 헤매는구나

楊柳葉垂低　　양류엽수저

作巢鷰啄泥　　작소연탁니

西山呑落照　　서산탄낙조

農父野途迷　　농부야도미

소유

십 리 시냇가

푸른 버들가지 아른거리고

정다운 꾀꼬리 서로 사귐이 아름답네

밝은 달빛 시원한 바람

막는 이 또한 없으니

내가 홀로 차지한들

그 누가 비웃겠는가

十里溪邊綠柳梢　　십리계변녹류초

關關鶯鳥好相交　　관관앵조호상교

淸風明月無人禁　　청풍명월무인금

吾獨管之孰敢嘲　　오독관지숙감조

등불

초가에 깃든 빛 창문을 비추면
서생들은 등잔을 마주한다네
신령한 이곳 호남
비길 데 없이 좋은 강산이더이다

草舍光照窓   초사광조창
書生共對釭   서생공대강
湖南此靈地   호남차령지
江山好無雙   강산호무쌍

사친곡 IV
: 대나무의 이야기

빈 뜨락에 가득한 낙엽 사이
푸른 대나무 고요히 홀로 섰네
고향 생각에 달빛 아래 서성이다
먼 북쪽 하늘의 별을 헤아리네

落葉滿空庭　　낙엽만공정
惟存綠竹停　　유존녹죽정
思家步明月　　사가보명월
遠仰北天星　　원앙북천성

다시, 소년

백운산 높은 곳에 자리한 서당
돌길에 얼음 맺혀 걷기조차 어려워라
눈을 이고 있는 푸른 솔은 흰 노인인가 싶더니
바람 불고 나니 다시금 소년의 얼굴이네

書樓高築白雲山　　서루고축백운산
石徑結氷行步艱　　석경결빙행보간
戴雪靑松疑老白　　대설청송의노백
風過更作少年顏　　풍과갱작소년안

1992년
12월[12]

고개 들어 푸른 기와집 바라보니
빼어난 영웅들이 배회하며 서성이네
만일 넉넉히 수렴하고 바르게 논의한다면
세상 정치가 어찌 구렁에 빠지겠는가

翹首仰望靑瓦臺　　교수앙망청와대
英才達士共徘徊　　영재달사공배회
若使廣收正議選　　약사광수정의선
政治何至沒塵埃　　정치하지몰진애

---

12 1992년 대통령 선거 즈음하여.

가을의
인사

서늘한 바람 갈옷에 스치니
아마도 맑은 가을 돌아왔나 싶네
잠깐 비 오다 또 금세 개니
초당의 열기가 누그러지는구나

凉風襲葛衣	량풍습갈의
疑是淸秋歸	의시청추귀
乍雨又旋霽	사우우선제
草堂熱氣微	초당열기미

대문 없는 마을,
토고촌[13]

산과 물이 병풍처럼 둘러싼 마을,

이곳 토고촌은 사람들이 순박해서

집집마다 대문도 두지 않았어요

매화꽃이 지면 그 자리에 복사꽃이 피어나니

이보다 더 평화롭고 아름다운 곳이

또 어디 있을까요

水帶山屏兎顧村　　수대산병토고촌

人心淳厚不施門　　인심순후불시문

梅花落處桃花發　　매화낙처도화발

此外更求豈桃源　　차외갱구기도원

---

13 토고촌(兎顧村): 서당이 토고 마을에 위치했음.

봄에
취하다

때맞춰 내린 단비가

초당을 촉촉이 적시고

개구리 여럿이 개골개골 울어 댑니다

별별 꽃들 시새워 봄 낮을 화사하게 가꾸니

나는 풍광에, 나비는 그 향기에 취하였답니다

甘雨適時灑草堂　　감우적시쇄초당

群蛙咽咽吠池塘　　군와인인폐지당

百花相迭粧春面　　백화상질장춘면

我取其光蝶取香　　아취기광접취향

사친곡 V
: 객의 시름

기나긴 겨울밤,

객의 시름 깊어만 간다

남한성 너머에도 이 달빛이 걸렸겠지

등불마저 쓸쓸한 글방에

적막만 감도네

다만 꿈이라도 빌려

그리운 고향에 닿기를 바라본다

三冬長夜客愁長　　삼동장야객수장

南漢城邊掛月光　　남한성변괘월광

靜舍寒燈不成寢　　정사한등불성침

只望借夢得歸鄕　　지망차몽득귀향

바람 소리

해 저물어 책을 덮고 사립문 나서니
집집마다 피어오른 밥 짓는 연기
온 마을이 자욱하다

바람에 흔들린 나뭇잎 소리에
이웃집 강아지 놀라 왕왕 짖고

문득, 창을 열어 보니
사람 자취가 아니었네

日西讀罷出柴扉　　일서독파출시비

村落炊煙戶戶微　　촌락취연호호미

風動葉聲鄰犬吠　　풍동엽성인견폐

開窓忽覺人踪非　　개창홀각인종비

농부와
공부

너른 들판에 물을 대는 저 농부
우산도 들고 도롱이도 입었네
밤낮을 모르고 여념 없이 일을 하니
학문도 이와 다를 바 없구나

農夫灌漑廣郊禾   농부관개광교화
或戴傘而或繞蓑   혹대산이혹요사
朝夕經營不休息   조석경영불휴식
學文如此亦無他   학문여차역무타

산사의
종소리

좋은 날 꽃을 찾아 짧은 지팡이 들고
산에 가 약초를 캐다 붉은 지초 만났네
멀리 구름 속 화엄사 소리 들리는데
불자의 염불 소리 공양하는 종소리라

勝日尋芳着短節	승일심방착단공
入山採藥紫芝逢	입산채약자지봉
遠聽雲裡華嚴寺	원청운리화엄사
佛子聲聲供養鐘	불자성성공양종

사유

흰 구름 깊은 곳 이름난 마을

삼간초가에 학생들 빼곡히 앉았네

밤낮으로 학문에 힘쓰니

이 나라 지탱할 네 근본[14]을 붙드는 것이라

白雲深處有名區　　백운심처유명구

茅屋三間滿學徒　　모옥삼간만학도

夙夜孜孜做工業　　숙야자자주공업

須要邦國四維扶　　수요방국사유부

14　사유(四維): 국가를 유지하는 데 필요한 예(禮), 의(義) 염(廉), 치(恥)의 네 가지.

달 아래 잔을
마주하고

벗과 등불을 마주 들고
골목길을 돌아 나와
풍월을 읊조리며
술잔을 함께하노라니

하늘에 밝은 별 무수히 달린 모습
수정을 뿌려 놓은 듯하구나

與友提燈出巷街	여우제등출항가
吟風咏月酒杯偕	음풍영월주배해
明星無數懸天上	명성무수현천상
洽似水晶羅列排	흡사수정나열배

겨울 장마

나뭇잎 떨어지고 잎 날리니
바윗돌도 제 모습을 드러내고
삼나무 서릿발을 무시나 하는 듯
홀로 빈 뜰을 지킵니다

삼동도 이미 반이나 지났는데
눈은 채 보이지 않고
때아닌 비만 연일입니다

木落葉飛露石巖	목낙엽비로석암
傲霜蒼鬱獨存杉	오상창울독존삼
三冬已半難看雪	삼동이반난간설
連日不時灑雨霎	연일불시쇄우삽

뜨락의
마음

꾀꼬리 소리 잠긴 적막을 흩트리고
뜨락에 붉은 복사꽃 나를 향해 어여쁘구나

流鶯一噪破林寥   유앵일조파림요
庭院紅桃向我夭   정원홍도향아요

온고지신

토금 마을에는 늘 강연이 열려
나날이 새로운 것을 알아 가는 즐거움이 넘친다오
덕을 쌓아 인재가 되는 것은 우연이 아니라
밤낮으로 경서를 읽어 온 덕이로소이다

講筵恒設土金閭　　강연항설토금려
日日知新樂有餘　　일일지신락유여
成德成材非偶爾　　성덕성재비우이
自從晝宵讀經書　　자종주소독경서

글 소리
삼경을 깨뜨리고

삼경도 이미 지나 깊은 밤에 이르렀건만
글 소리 낭랑히 고요를 깨뜨린다
천 봉우리 만 골짜기에 바람 끝자락 안 보이고
흩날리는 일만 잎사귀에 일백 가지 어지러이 술렁이네

三更已過抵深宵 　삼경이과저심소

朗朗書聲破寂寥 　낭랑서성파적요

萬壑千峯風不盡 　만학천봉풍불진

飄飄萬葉百枝搖 　표표만엽백지요

애달픈
선비

배움을 따라 남으로 천 리 길을 와 보니
향긋한 벗들은 책상 앞에 둘러앉았네
세상 사람 모두가 신학문을 배운다 하니
이 글은 누가 후세에 전해 주려나

南行千里參書筵   남행천리참서연
芝友蘭朋繞案前   지우난붕요안전
世上人皆習洋學   세상인개습양학
斯文孰有後來傳   사문숙유후래전

바다를
본 바다

동쪽 푸른 바다를 바라보니
물은 하늘과 맞닿았네
도도히 흘러온 세월이 몇백 년이던가
아, 바라건대 학문도 이 바다를 본받아
쉼 없이 흐르고 흘러 만 리에 이르길

東望蒼海水如天　　동망창해수여천
逝者滔滔幾百年　　서자도도기백년
願言學問法於此　　원언학문법어차
不息其流萬里連　　불식기류만리연

조화

매서운 바람이 혹독한 겨울을 거들고 사나
온 눈이 모진 겨울을 보태니
이파리 진 나무, 앙상한 가지로
헐벗은 산봉우리 드러낸다

하늘과 땅의 조화는 오직 성하고 쇠하는 것일 뿐이니
만 가지 꽃이 활짝 피어나는 것도
여기에서 비롯되는 것이리라

烈風虐雪助嚴冬　　열풍학설조엄동
落木骨枝且瘦峰　　낙목골지차수봉
天地造化只伸屈　　천지조화지신굴
萬花方暢自斯從　　만화방창자사종

4부

글자마다
아름다운 시가 되고

겨울 아이

밝은 달 휘영청 올라 서창을 비추고
창틈으로 찬 바람 들어와 문풍지가 더르르 떤다
한낮에 숨었던 추위 한밤 되어 찾아오니
글 읽는 아이 옷소매 찾아 손을 숨긴다

月光忽上照窓西　월광홀상조창서
風紙乘風戶隙嘶　풍지승풍호극제
日氣當宵甚寒烈　일기당소심한열
手藏兩袖讀書兒　수장양수독서아

시나브로

살랑이는 바람과 가는 비가 잠시 내리더니
시나브로 개어
덥지도 춥지도 않은 날씨가 맑게 이어집니다
내일 아침 오랜 벗이 찾아온다는 소식에
홀연 마음에 기쁨이 살며시 피어올랐답니다

微風細雨霎時晴   미풍세우삽시청
不暑不寒氣候淸   불서불한기후청
豫聽明朝來故友   예청명조래고우
忽然心裡樂歡生   홀연심리락환생

춘일즉사[15]

물오르는 달 삼월,
강남의 날씨 따사로웁고
기이한 화초가 앞다투어 피어나는구나
맑은 술 백 잔에 봄 풍경 그려 내니
나 또한 이백에 견줄 만하지 않는가

三月江南日氣和　　삼월강남일기화

奇花異草發爭多　　기화이초발쟁다

百盃淸酒寫春景　　백배청주사춘경

我亦比於李白何　　아역비어이백하

---

15 즉사(卽事): 바로 지금 보거나 들은 일.

사친곡VI
: 아버지 생신

오늘 삼친[16]이 모두 집에 모여

밤 깊도록 담소하니 즐거움 끝이 없겠지요

형제들 부모님께 헌수[17]하는 모습 그려 보니

멀리 함께하지 못하는 내 처지가 사무칠 뿐입니다

今日三親摠集家   금일삼친총집가

夜深談笑樂無涯   야심담소락무애

遙想諸兄獻壽處   요상제형헌수처

恨余遠在未參加   한여원재미참가

---

16 삼친(三親): 세 가지의 가장 친(親)한 사이. 즉 부자(父子), 부부(夫婦), 형제(兄弟).

17 헌수(獻壽): 생일이나 장수를 축하하다, 축수(祝壽)하다.

조제모염[18]

긴 장마에 굵은 비가 초가 처마로 떨어지고
서당 옆 도랑에 물이 점점 불어나네
어질고 밝음은 담박함으로부터 나오니
저녁 냉이 아침 소금을 어찌 사양하겠는가

長霖急雨落茅簷	장음급우낙모첨
書舍右溝水衍添	서사우구수연첨
賢哲元從淡泊出	현철원종담박출
何辭暮薤又朝鹽	하사모해우조염

---

18 조제모염(朝薺暮鹽): 아침에는 냉이를 저녁에는 소금을 먹는다는 뜻으로, 매우
가난한 살림살이를 비유적으로 이르는 말이다.

하얀 봄날

돌난간에 앉아
경치를 바라보고 있자니
바람이 나를 괴롭혀
의관마저 풀어 놓았지요

사방이 온통 하야니
눈이 날리는가 싶었는데
배꽃 가득 핀 봄날이었습니다

探景登臨坐石欄　　탐경등임좌석난
春風惱我解衣冠　　춘풍뇌아해의관
梨花滿發四邊白　　이화만발사변백
疑是雪飛尙不寒　　의시설비상불한

시인의
한 수

학생들 한가롭게 시나 짓는다 말하지 마소
한 수를 이루려 일만 자를 다듬는다오

莫云學子作詩閒   막운학자작시한
一首欲成萬字刪   일수욕성만자산

애타는
농부

깊고 깊은 백 척의 섬진강

요 며칠 새 물이 말라

돌다리 다 드러났구나

모내기 때 맞춰 가뭄 드니

저 농부 하릴없이 속만 태우네

深深百尺蟾津江　　심심백척섬진강

近日水枯露石矼　　근일수고로석강

秧板及時成大旱　　앙판급시성대한

農夫束手斷空腔　　농부속수단공강

불씨

사람의 도리는 흐릿하기만 하여
저 멀리 구름 낀 변방 같구나
낯선 풍속은 분별없이 따르면서
진정한 도리는 멀리하니

칠흑같이 어두운 밤
불씨 남은 곳에 낭랑한 글 소리
전등은 아직 켜졌구나

人道不明似塞雲　　인도불명사새운
盲從異俗背斯文　　맹종이속배사문
冥冥漆夜陽尚在　　명명칠야양상재
朗朗書聲電燭焚　　낭랑서성전촉분

호연지기[19]

하늘을 찌를 듯 끊어진 봉우리

구름을 지나 그 끝에 올라서니

가슴속 호연한 기운이 백배는 더하고

천 겹의 안개구름 발아래 일어나네

단약[20]을 쓰지 않고도 절로 신선이 되는구나

聳天斷峀獨攀登　　용천단수독반등

浩氣胷中百倍增　　호기흉중백배증

千疊雲霞足下起　　천첩운하족하기

不須丹藥自仙能　　불수단약자선능

---

19 호연지기(浩然之氣): 거침없이 넓고 큰 기개.

20 단약(丹藥): 신선이 만든다고 하는 장생불사의 영약

달도 비껴 뜬
삼태산

삼태산 꼭대기에 달이 비껴 머무르고
그림자 품은 섬진강은 절로 흐르는구나
마음속 감회를 풀고자 술잔을 들었더니
취기에 세상사 모든 근심을 잊었다오

三台山頂月斜留   삼태산정월사류
影入蟾江水自流   영입섬강수자류
欲暢所懷擧樽酒   욕창소회거준주
醉來忽忘世塵憂   취래홀망세진우

사계화

서리 내린 뒤뜰에 철모른 꽃이 피었더니
지난날 스승이 사랑을 품어 심으셨다네
네 계절 내내 피어나기를 거듭하니
이 기이한 꽃을 어찌 심지 않을 수 있으랴

凌霜後院季花開	능상후원계화개
昔日尊師愛此栽	석일존사애차재
四節四時四番發	사절사시사번발
奇奇可不植培哉	기기가불식배재

한여름
누각에 올라

푸른 산의 저 누각은
구름보다 높이 솟아 있네

시원한 바람 절로 불어
부채질도 필요치 않구나
사방 경치 한눈에 들어오니

이때가 막걸리 마시기 좋은 때라네

青山樓閣出雲高	청산누각출운고
風吹不須扇手勞	풍취불수선수로
一望四邊收萬景	일망사변수만경
此時正合擧香醪	차시정합거향료

사친곡 VII
: 기러기 벗 삼아

새 한 마리 내 벗으로 삼아

멀리 또 높이 올라가

어버이 계신 곳 살피려 했건만

어찌할 수 없음에

걱정만 더하는 듯합니다

若使飛禽作我朋	약사비금작아붕
隨時遠去且高昇	수시원거차고승
其於朝夕省親地	기어조석성친지
何至不能憂思增	하지불능우사증

절경

두류산 솟아 있고 압록수 흐르니

과연 이름난 경치답구나

종이 위에 그린 한 폭의 그림 같으니

풍경 찾는 나그네야

온 천하를 다녀 봐도 이와 비길 데 없으리라

頭流鴨綠有名區　두류압록유명구

恰似紙中繪畵圖　흡사지중회화도

若使遊人求此景　약사유인구차경

周行天下更雙無　주행천하갱쌍무

흰 구름
깊은 곳에

반야봉에 걸린 밝은 달 하나
내 고향 하늘에도 똑같이 걸려 있겠지요
추운 방에서 시를 짓다 한밤을 지나니
흰 구름 너머 종소리 들려옵니다

夜懸明月般若峰　　야현명월반야봉
遙識故鄕亦一容　　요식고향역일용
寒舍題詩過夜半　　한사제시과야반
白雲深處忽聽鐘　　백운심처홀청종

삼밭 가운데 쑥대[21]

집터 그윽하고 산세 막힌 이 명승지
물을 건너고 산을 넘어 한 몸 의탁하였지
학문을 이루기가 험한 산 오르듯이 어려우나
스승이 인도하고 좋은 벗들이 도와주니
어찌 열정을 놓을 수 있겠는가

宅幽勢阻此名區　　택유세조차명구
渡水穿山寄一軀　　도수천산기일구
學問難成似登岫　　학문난성사등수
尊師掖誘良朋扶　　존사액유양붕부

---

21 봉생마중(蓬生麻中): 쑥이 삼 가운데서 자라면 붙들어 주지 않아도 스스로 곧아짐.

이상향

초당 뜰에 오동나무 심은 지
어느덧 십 년이 지났건만,
귀 기울여 보아도
봉황 소리는 아직이라네
언제쯤 하늘이 성군을 내려
온 세상에 은혜를 베풀까

초당 뜰에 오동은 무성만 하구나

種梧十載草堂庭　　종오십재초당정
傾耳不聞鳳鳥停　　경이불문봉조정
聖主何時自天出　　성주하시자천출
施恩萬國救生靈　　시은만국구생령

무릉도원

띠풀로 집을 짓고, 대나무로 문을 세운 이곳
많은 유생들이 모여
경건하게 공부하는 곳이라
구름 가득한 일만 골짜기 일천 봉우리 속
글 소리 낭랑한 이곳이 도원경[22]이라네

草茅爲屋竹爲門　　초모위옥죽위문
濟濟儒生瞻視尊　　제제유생첨시존
萬壑千峯雲滿處　　만학천봉운만처
伊吾朗朗是桃源　　이오낭랑시도원

---

22 도원경(桃源境): 이 세상이 아닌 무릉도원처럼 아름다운 경지.

기기묘묘

쓸쓸한 빈집
나뭇가지 사이로 밝은 달이 비껴 뜨니
겨울의 고운 빛은 모두 이곳에 모였다네

이백이 오늘 밤을 읊는다면
글자마다 아름다운 시가 되고
글귀마다 기이함으로 가득하리라

蕭蕭空院月斜枝	소소공원월사지
冬節佳光摠此移	동절가광총차이
若如李白吟今夜	약여이백음금야
字字佳詩句句奇	자자가시구구기

오봉산[23]

높이 솟은 다섯 산이 한집을 감싸니

봉황이 훨훨 나는구나

가랑비 보슬보슬

낮밤으로 이어 내리니

가뭄 진 수풀과 나무에 살찌는 소리 들리네

五山周匝一堂圍　　오산주잡일당위

洽似翩翩鳳鳥飛　　흡사편편봉조비

細雨霏霏連晝夜　　세우비비연주야

旱餘草木忽然肥　　한여초목홀연비

---

23 오봉산(五鳳山): 다섯 마리 봉황이 노닌다는 서당 앞의 오봉산.

생동의 노래

산언덕 위로

녹음과 꽃다운 풀이 드리우면

이 시절은 푸른빛으로 가득하지요

생동 속에 까무룩 잠이 들었다가

이곳이 숲속임을 알고 나니

솔잎의 거문고 소리

여울의 비파 소리가

여느 노래보다도 낫더랍니다

綠陰芳草滿山坡	녹음방초만산파
時物漸繁碧色多	시물점번벽색다
忽覺困眠林裡去	홀각곤면임리거
松琴澗瑟勝於歌	송금간슬승어가

사친곡Ⅷ
: 꿰매 놓은 해진 적삼

첩첩의 산세에 장엄한 바위들이 하늘로 솟은 이곳

비록 몸은 묶였어도 생각은 매이지 않았다네

타향에서 다시 세모[24]를 만나니

꿰매 놓은 해진 적삼에 어머니가 그립구나

萬重連出聳天巖　　만중연수용천암

身縱受緘思不緘　　신종수함사불함

客地且逢一年暮　　객지차봉일년모

却看慈母敝縫衫　　각간자모폐봉삼

---

24 세모(歲暮): 한 해가 끝날 무렵.

인생 공부

초가집 뜰 앞에
흰 고무신 가지런하고
열 명 남짓 학동들은
등불 하나를 나눠 쓰네
책을 읽고 이치를 찾노라니
한가할 틈이 전혀 없구나

공부를 마칠 날은 언제쯤 오려는가

草舍庭前列白鞋　　초사정전열백혜
十餘學子一燈偕　　십여학자일등해
看書窮理無閒暇　　간서궁리무한가
何日工夫得見涯　　하일공부득견애

"치열하게 오늘을 사는 우리에게
서당의 댕기 머리 소년이 뜻밖의 위로를 건넨다"